Parade de Pâques

Lily Karr

Texte français de
Claudine Azoulay

Illustrations de
Kirsten Richards

Éditions
SCHOLASTIC

Pour Al. Je n'aurais pas pu y arriver sans toi.
— K.R.

Catalogage avant publication de Bibliothèque et Archives Canada
Karr, Lily
[Easter parade! Français]
La parade de Pâques / Lily Karr ; illustré par Kirsten Richards ; traduction de Claudine Azoulay.

Traduction de: Easter parade!
ISBN 978-1-4431-3412-5 (couverture souple)
I. Richards, Kirsten, illustrateur II. Azoulay, Claudine, traducteur
III. Titre. IV. Titre: Easter parade! Français.

PZ23.K373Par 2014   j813'.6   C2013-907449-X

Édition publiée par les Éditions Scholastic,
604, rue King Ouest, Toronto (Ontario) M5V 1E1.

6 5 4 3 2   Imprimé au Canada 114   16 17 18 19 20

Conception graphique de Leslie Mechanic.

« La parade va bientôt passer! » crient les animaux émerveillés.

Le lapin de Pâques mène le cortège.
D'un bon pas, il va et vient.
Il fait tout un numéro
en jonglant avec des œufs peints.

Les écureuils et leur fanfare
jouent un air entraînant.
Cymbales et trompettes résonnent.
Le basson fait un BOUM retentissant.

Les lapins sautent et dansent,
encouragés par les ratons.
Des oisillons volent dans le ciel
en tenant d'énormes ballons.

Les moutons saluent la foule,
du haut de leurs chars colorés.

Avec leurs fleurs et leurs rubans,
ils sont si beaux à regarder!

Une bande de canards élégants
marche à la queue leu leu.

Ils tapent des pieds et se dandinent en chantant des airs joyeux.

Saut périlleux,

pirouette,

grand écart…

quelle équipe de talent!

Les chèvres virevoltent.

Les cochons font la roue.

En tutus colorés,
comme ils sont craquants!

Dans le ciel flottent de grands drapeaux
au rythme de la musique.

Des petites souris les agitent bien haut.
Quelle parade magnifique!

À leur tour, les spectateurs
veulent prendre part au défilé
et montrer leur chapeau tout neuf
ou spécialement confectionné.

Et maintenant, place à la fête!
C'est un moment merveilleux

avec ses paniers de bonbons
et de chocolats délicieux.

Le lapin de Pâques prend la route
pour faire ses tours de magie.
La chasse aux œufs est ouverte!
Tous les enfants sont ravis.

Joyeuses Pâques!